# VENTE
## Carrier-Belleuse

# SCULPTURES

**M<sup>e</sup> ESCRIBE**
COMMISSAIRE-PRISEUR
6, rue de Hanovre, 6.

**M. A. BLOCHE**
EXPERT
23, rue Chauchat, 23.

# CATALOGUE

DES

# SCULPTURES

## MARBRES — TERRES CUITES

## Groupes — Statuettes — Bustes

ŒUVRES

# DE CARRIER-BELLEUSE

DONT LA VENTE AURA LIEU

## HOTEL DROUOT, SALLE N° 8

*Le Lundi 21 Décembre 1885*

A DEUX HEURES

---

**Mᵉ ESCRIBE**
COMMISSAIRE-PRISEUR
6, rue de Hanovre, 6

**M. A. BLOCHE**
EXPERT
23, rue Chauchat, 23

EXPOSITION PUBLIQUE

Le Dimanche 20 Décembre 1885

DE 1 HEURE 1/2 A 5 HEURES

## CONDITIONS DE LA VENTE

Elle sera faite *expressément* au comptant.

Les Acquéreurs paieront CINQ POUR CENT en sus des enchères, applicables aux frais de la vente.

Paris. — Imp. de l'Art. E. Ménard et J. Avigny, 41, rue de la Victoire.

# MARBRES

## STATUETTES

1 — *Liseuse.*

Haut., 85 cent.

2 — *Bonne Saison.*

Haut., 63 cent.

## BUSTES

3 — *Automne.*

Haut., 60 cent.

4 — *Marguaretta.*

Haut., 55 cent.

5 — *Automne.*

Haut., 60 cent.

6 — *Rose.*

Haut., 58 cent.

# TERRES CUITES

### PATINÉES ET DÉCORÉES

### GROUPES

7 — *Charité.*

Haut., 75 cent.

8 — *Le Messie.*

Haut., 75 cent.

9 — *Les Deux Amours.*

Haut., 75 cent.

10 — *L'Enlèvement.*

Haut., 60 cent.

11 — *L'Amour désarmé.*

Haut., 70 cent.

12 — *Hercule et Omphale.*

Haut., 75 cent.

13 — *Triton et Bacchante.*

Haut., 60 cent.

14 — *Titans.*

Haut., 90 cent.

15 — *Bacchanale.*

Haut., 45 cent.

16 — *Faune et Bacchantes.*

Haut., 1 mètre.

17 — *La Danse.*

Haut., 1 m. 5 cent.

18 — *Frisonnes.*

Haut., 60 cent.

## STATUETTES

19 — *La Fourmi.*

Haut., 75 cent.

20 — *Psyché.*

Haut., 65 cent.

21 — *Bonne Saison.*

Haut., 65 cent.

22 — *Germinal.*

Haut., 55 cent.

23 — *Liseuse.*

Haut., 75 cent.

24 — *Fileuse.*

Haut., 75 cent.

25 — *Pasteur italien.*

Haut., 75 cent.

26 — *Nourrice italienne.*

Haut., 75 cent.

27 — *Camille Desmoulins.*

Haut., 80 cent.

28 — *Violoniste.*

Haut., 80 cent.

29 — *Diane au sanglier.*

Haut., 70 cent.

30 — *Douleur.*

Haut., 60 cent.

31 — *Tricoteuse.*

Haut., 75 cent.

## BUSTES

32 — *Boudeur.*

Haut., 45 cent.

33 — *Rieur*.

Haut., 45 cent.

34 · *Bellangé (Marguerite)*.

Haut., 80 cent.

35 — *Russe*.

Haut., 80 cent.

36 — *Mauresque*.

Haut., 80 cent

37 — *Rembrandt*.

Haut., 65 cent.

38 — *Albert Durer*.

Haut., 65 cent.

39 — *Michel-Ange*.

Haut., 65 cent.

40 — *Shakespeare*.

Haut., 65 cent.

41 — *Milton*.

Haut., 65 cent.

# TERRES CUITES

## GROUPES

42 — *Charité.*

Haut., 75 cent.

43 — *Messie.*

Haut., 75 cent.

44 — *Retour des champs.*

Haut., 80 cent.

45 — *Les Deux Amours.*

Haut., 75 cent.

46 — *La Confidence.*

Haut., 70 cent.

47 — *L'Enlèvement.*

Haut., 60 cent.

48 — *L'Amour désarmé.*

Haut., 70 cent.

49 — *La Tempérance.*

Haut., 70 cent.

5o — *Enlèvement d'Hippodamie par le centaure.*

Haut., 75 cent.

51 — *La Jeune Mère.*

Haut., 60 cent.

52 — *Triton et Bacchante.*

Haut., 60 cent.

53 — *Offrande à Bacchus.*

Haut., 55 cent.

54 — *Tentation.*

Haut., 70 cent.

55 — *Bacchanale.*

Haut., 45 cent.

56 — *Triomphe de Silène.*

Haut., 55 cent.

57 — *Titans.*

Haut., 90 cent.

58 — *Caresses de l'Amour.*

Haut., 90 cent.

59 — *Frisonnes.*

Haut., 70 cent.

## STATUETTES

60 — *La Fourmi.*

Haut., 75 cent.

61 — *Léda.*

Haut., 45 cent.

62 — *Psyché.*

Haut., 65 cent.

63 — *Bonne Saison.*

Haut., 65 cent.

64-65 — *Enfants, supports.*

Haut., 45 cent.

66 — *Filomela.*

Haut., 75 cent.

67 — *Liseuse.*

Haut., 75 cent.

68 — *La Source.*

Haut., 75 cent.

69 — *La Toilette.*

Haut., 68 cent.

70 — *Alexandre Dumas.*

Haut., 70 cent.

71 — *La Violoniste.*

Haut., 70 cent.

72 — *La Diane.*

Haut., 65 cent.

73 — *La Douleur.*

Haut., 65 cent.

74 — *L'Enfant source.*

Haut., 60 cent.

75 — *La Tricoteuse.*

Haut., 75 cent.

## BUSTES

76 — *Printemps.*

Haut., 60 cent.

77 — *Été.*

Haut., 60 cent.

78 — *Automne.*

Haut., 60 cent.

79 — *Hiver.*

Haut., 60 cent.

80 — *Annunziata.*

Haut., 75 cent.

81 — *L'Éveillée.*

Haut., 75 cent.

82 — *La Soucieuse.*

Haut., 75 cent.

83 — *Femme au chapeau.*

Haut., 75 cent

84 — *Colombe.*

Haut., 65 cent.

85 — *Papillon.*

Haut., 65 cent.

86 — *Arabella.*

Haut., 75 cent.

87 — *Le Réveil.*

Haut., 65 cent.

88 — *Le Sommeil.*

Haut., 65 cent.

89 — *Marie-Antoinette.*

Haut., 50 cent.

90 — *Princesse de Lamballe.*

Haut., 50 cent.

91 — *Marquise ou roses de mai.*

Haut., 60 cent.

92 — *Le Boudeur.*

Haut., 50 cent.

93 — *Le Rieur.*

Haut., 50 cent.

94 — *Rose.*

Haut., 50 cent.

95 — *Jeune Grecque.*

Haut., 50 cent.

96 — *Souvenir.*

Haut., 50 cent.

97 — *Regrets.*

Haut., 50 cent.

98 — *Paul.*

Haut., 55 cent.

99 — *Virginie.*

Haut., 55 cent.

100 — *Alsace.*

Haut., 75 cent.

101 — *Marguerite Bellangé.*

Haut., 75 cent.

102 — *La Russe.*

Haut., 75 cent.

103 — *La Mauresque.*

Haut., 75 cent.

104 — *Drapée.*

Haut., 75 cent.

105 — *Vestale.*

Haut., 75 cent.

106 — *Marquise au chapeau.*

Haut., 70 cent.

107 — *Primevère.*

Haut., 65 cent.

108 — *Boule de neige.*

Haut., 70 cent.

109 — *Automne.*

Haut., 60 cent.

## BUSTE D'ARTISTE

110 — *Valtesse.*

Haut., 80 cent.

## BUSTES HISTORIQUES

111 — *Murillo.*

Haut., 65 cent.

112 — *Velazquez.*

Haut., 65 cent.

113 — *Raphael.*

Haut., 65 cent

114 — *Van Ostade.*

Haut., 65 cent.

115 — *Dante.*

Haut., 65 cent.

116 — *Virgile.*

Haut., 65 cent.

117 — *Mozart.*

Haut., 45 cent.

118 — *Beethoven.*

Haut., 45 cent.

119 — *Shakespeare.*

Haut., 65 cent.

120 — *Milton.*

Haut., 65 cent.

121 — *Grévy.*

Haut., 40 cent.